DESIDERATA

REINALDO
DESENHOS DE HUMOR

Copyright © desta edição: Desiderata

CONSULTOR DE HUMOR

EDITORA
Martha Mamede Batalha

COORDENAÇÃO EDITORIAL
S. Lobo
Gustal

PRODUÇÃO EDITORIAL
Danielle Alves Freddo

ASSISTENTE DE PRODUÇÃO
Camila Bicudo

REVISÃO
Danielle Alves Freddo
Camila Bicudo

CAPA E PROJETO GRÁFICO
Odyr Bernardi

DIAGRAMAÇÃO
Odyr Bernardi

TRATAMENTO DE IMAGEM E FECHAMENTO
Vitor Manes

PRODUÇÃO GRÁFICA
Walney de Almeida

Editora Desiderata
Av. N. Sra. de Copacabana, 928 / 402 – Copacabana – RJ – CEP: 22060-002
Tel: 21 3208-3919 / Fax: 21 3208-3641 www.editoradesiderata.com.br

CIP-BRASIL. CATALOGAÇÃO-NA-FONTE
SINDICATO NACIONAL DOS EDITORES DE LIVROS, RJ

R289d

Reinaldo (Cartunista)
    Desenhos de humor / Reinaldo. - Rio de Janeiro : Desiderata, 2007.
        il.

    Textos em quadrinhos
    ISBN 978-85-99070-33-8

    1. Caricaturas e desenhos humorísticos. I. Título.

07-927.   CDD: 741.5
                       CDU: 741.5

21.03.07 23.03.07   000818

ÍNDICE

RECORDAR É VIVER	**05**
UMA GERAL	**09**
ESCÂNDALOS ILUSTRADOS	**45**
JAZZ	**75**
A VOLTA DE MONGOL	**91**
OUTRAS PARADAS	**103**

RECORDAR É VIVER

CENA DE SANGUE NA REDAÇÃO DO PASQUIM

Esta foto, que eu achei no fundo de uma gaveta, foi de uma fotonovela publicada no *Pasquim*, lá pelos anos 1970. Naquele tempo, além de fazer desenhos no *Pasquim*, eu às vezes era convocado pra ser "ator" de fotonovela. Como vocês sabem, esse é um tipo de ator diferente, que não precisa se mexer e nem falar. Por isso eu topava. Uma vez tive meu momento de glória, quando fiz o papel de Voltaire, o grande filósofo francês, protagonizando uma fotonovela escrita pelo Ivan Lessa. E provavelmente foi durante essa temporada no jornal, de 1974 a 1985, que eu pude adquirir todo o instrumental dramático e histriônico que me permitiu depois encarar o desafio de viver personagens psicologicamente mais complexos, como o ET de Varginha, o Devagar Franco, o Incrível Miserável ou o Mosquito da Dengue...

Mas, fazendo uma segunda leitura da foto, parece que o Jaguar, o exigente editor do *Pasquim*, estava mesmo é querendo resolver o problema do desenhista Reinaldo, cortando o mal pela raiz.

REINALDO

O PRIMEIRO DESENHO PUBLICADO, EM 1974, NO PASQUIM

PASQUIM NOVELA APRESENTA "SEM MÃOS E COM GAZE"

TEXTO: IVAN LESSA — FOTOS: WAGNER SANT'ANNA

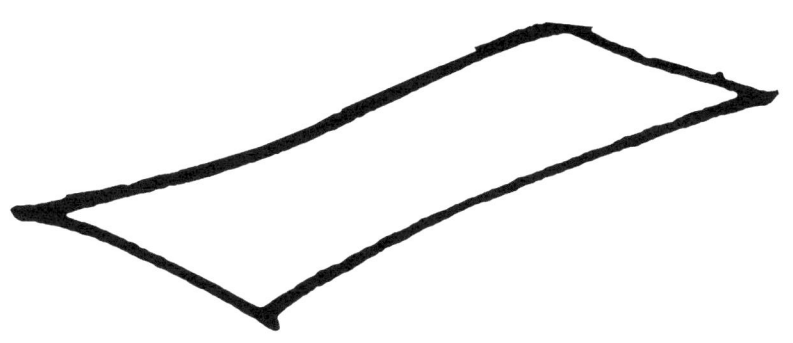

UMA GERAL

Desenhos publicados em várias épocas e lugares (*Pasquim, Chiclete com Banana, Careta, Papel de Bobo, Bundas, Revista Casseta & Planeta*) e alguns inéditos

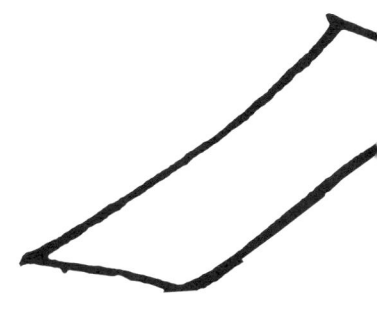

O ADVOGADO DO DIABO

MOACIR,
A MULHER BARBADA

JORGE,
O PARANORMAL NORMAL

AS FÉRIAS CHEGARAM!

OS BÚZIOS ESTÃO DIZENDO QUE...

PROF. GREGÓRIO BARATA

A VIDA E A OBRA DO PROF. GREGÓRIO BARATA

RUÍNAS DE UM TEMPLO GREGO. UM VENTRÍLOQUO. TRÊS MULHERES CARECAS PINTADAS DE PRATEADO. UM CAMPO DE CONCENTRAÇÃO NAZISTA. UMA BALEIA EMPALHADA. UM PARANORMAL. UM PIGMEU ALBINO. UM DIABO. UMA EXPLOSÃO. 300 MULHERES NUAS. UM TURCO DE DOIS METROS COM UMA CIMITARRA DE UM METRO. UM CAVALO BRANCO GALOPANDO EM CÂMARA LENTA NUMA PRAIA DESERTA. UMA FREIRA CORCUNDA. UM VULCÃO...

— TAÍ A LISTA DO ELENCO.
— VAI TER DIRETOR?
— NÃO.
— ÓTIMO!

— GOSTARIA QUE VOCÊ CONVOCASSE TODOS PARA UMA REUNIÃO NA MINHA CASA, AMANHÃ ÀS 3 HORAS.

ENQUANTO ISSO, EM BRASÍLIA...
APROVEITE !
FARTA DISTRIBUIÇÃO DE
SIMANCOL E
VERGONHA-NA-CARA!
SÓ HOJE!
E AÍ, DEPUTADO, VAMOS LÁ?
NÃO... EU VOU AMANHÃ.

A INFORMÁTICA MUDOU NOSSAS VIDAS

Depois de passar seu fax ou e-mail pressione o botão central do mouse.

Alguém neste elevador executou uma operação ilegal.
Se o problema persistir, o esfíncter será fechado.

TRÊS DESEJOS.

COMO É? EU NÃO ESCUTEI DIREITO. PODE REPETIR?

DOIS DESEJOS!

Paulo Francis se foi. Mas nos consola saber que a esta hora ele deve estar lá em cima, naquela mesa, tomando um uísque com Vinicius de Moraes, Pixinguinha...

> Ô VINÍCIUS... QUEM DEIXOU ESSE PRETO ENTRAR NO CÉU?

Darcy Ribeiro se foi. Mas nos consola saber que a esta hora ele deve estar lá em cima, naquela mesa, tomando um uísque com Vinicius de Moraes, Pixinguinha, Paulo Francis, Antonio Callado, Chico Science, Mário Henrique Simonsen, Vicente Matheus...

Estes desenhos foram publicados no saite do Casseta & Planeta em 1997, ano em que essa turma toda pediu o boné. Detalhe: não consegui desenhar o Antonio Callado e ele acabou ficando escondido atrás do Vicente Matheus. O Joaquinzão, pra quem não se lembra, era um líder sindical bigodudo. E esse Pixinguinha aí é praticamente uma cópia da caricatura feita pelo grande Nássara.

HÁ DIAS EM QUE VOCÊ PÁRA E TEM UMA CONVERSA SÉRIA COM VOCÊ MESMO.
OI, TUDO BEM?
TUDO JÓIA!
LINDO DIA, NÃO?
É.
QUE HORAS SÃO?
O QUÊ? FALA MAIS ALTO, PÔ!
IH, FALA DIREITO COMIGO, RAPAZ! TÁ ME ESTRANHANDO?
QUALÉ, CARA? EU TE DOU UM PAU, HEM!
EI! OLHA O TUMULTO!...
MAS VOCÊ CONTINUA ENVOLTO EM SUAS CONTRADIÇÕES E PROBLEMAS NÃO RESOLVIDOS...
VAMOS RESOLVER ISSO NA DELEGA-CIA...
MAS SEU GUARDA...

O RIO ANTIGO

O grande fotógrafo do Rio antigo, Marc Ferrez, registrou neste flagrante o momento em que um antepassado do carioca descobriu a roda

Naquele tempo é que era bom. Ainda não existia o Aterro do Flamengo e o mar ia até onde hoje é o Morro da Viúva. Não existia nem o Túnel Velho. E o Morro do Castelo ainda estava lá, de pé. Os dinossauros faziam *trottoir* na Rua do Ouvidor, os pterodácticos voavam em bandos e vinham comer milho na mão dos trogloditas, na região que viria a ser conhecida mais tarde como Cinelândia. Quando, há dois milhões de anos, na Praia de Copacabana, um ancestral do carioca assumiu a posição ereta e, pela primeira vez, firmou-se sobre os dois pés, percebeu imediatamente que tinha pisado num cocô de brontossauro. Aí começou a decadência da Cidade Maravilhosa.

Mas, mesmo com esses problemas, o Rio de Janeiro de outrora era bem melhor que o de hoje. A violência era menor e os assaltos eram raros. Os primatas cariocas podiam ficar passeando até altas horas da noite e todo mundo dormia com a porta da caverna aberta. Até os malandros, bandidos e marginais eram mais humanos, apesar de descendentes diretos do macaco. Os trogloditas cariocas só matavam para comer, na dura luta pela sobrevivência.

Não havia guerra de quadrilhas disputando pontos de bicho e bocas-de-fumo. Aliás, naquele tempo, o jogo do bicho ainda não estava ligado ao narcotráfico. O bicho era uma diversão sadia e inocente. Até senhoras idosas e de boas famílias diariamente faziam a sua fezinha, jogando no mamute, no tigre-de-dente-de-sabre, no tiranossauro e em outros grandes répteis. Naquele tempo, os arqueólogos ainda nem pensavam em fazer escavações num terreno baldio para procurar a ossada do primeiro carioca que comeu a mulher de um contraventor rude e pouco evoluído.

A nossa juventude ainda não tinha sido dominada pelas drogas como a maconha, a cocaína e o crack. Os jovens trogloditas cariocas de 500 mil anos atrás, batendo uma pedra na outra, tinham acabado de descobrir o fogo paulista, e preferiam ficar enchendo a cara nos cafés elegantes, nos cabarés e nos *rendez-vous*, de preferência sempre acompanhados de belas cocotes vindas do estrangeiro. Ah, as mulheres de Neanderthal! Milhares de anos depois começariam a aparecer também as francesas e as polacas. Aí seria o início da decadência.

Não há dúvida: a vida no Rio de antigamente era muito mais *chic*, muito mais civilizada. O Rio do Período Glacial, da Confeitaria Colombo, do Pleistoceno, da Galeria Cruzeiro, da Idade da Pedra Portuguesa Lascada... esse Rio não volta mais. A única coisa no Rio de Janeiro que continua como nos bons tempos é a polícia, que felizmente ainda tem em seus quadros alguns brucutus.

ESCÂNDALOS

10%

ILUSTRADOS

E por falar em nostalgia, vejam agora um compacto com os melhores momentos do livro *Escândalos Ilustrados*, publicado em 1984. Para os nostálgicos e saudosos dos bons tempos verem que ainda está tudo aí. Parece que foi hoje.

ABERTURA, DEMOCRACIA E ECONOMIA DE MERCADO

Quadro 1: NÃO, NÃO E NÃO! O QUE O SR. ESTÁ ME PROPONDO É IMORAL! NÃO! MIL VEZES NÃO!

Quadro 2: O SR. ESTÁ PRETENDENDO QUE, EM TROCA DE UMA CERTA QUANTIA, EU USE MINHA INFLUÊNCIA PARA FAVORECER E ENCOBRIR OS NEGÓCIOS ESCUSOS DO SEU GRUPO FINANCEIRO? — MAS...

Quadro 3: NUNCA! JAMAIS! NEM QUE ME DESSEM O DOBRO EU CONSENTIRIA EM ENVOLVER MEU NOME EM TAMANHA SUJEIRA!

Quadro 4: O DOBRO, MAIS UM VIDEOCASSETE E NÃO SE FALA MAIS NISSO.

Quadro 5: NEGÓCIO FECHADO!

Quadro 6: TUDO BEM, MAS... ESTOU VENDO NA ETIQUETA QUE O SEU PREÇO É MAIS BAIXO...

Quadro 7: ORA, A TABELA... VOCÊ SABE COMO É O BRASIL... NINGUÉM RESPEITA A TABELA... — É... AS AUTORIDADES TÊM QUE FAZER ALGUMA COISA...

BOA NOITE. HOJE FALAREMOS SOBRE O PROBLEMA DA SECA.

ANTES DE MAIS NADA É MUITO IMPORTANTE DEIXAR BEM CLARA A DIFERENÇA ENTRE SECA E ESTIAGEM PROLONGADA.

NO NORDESTE (GLUB) EXISTEM DUAS ESTAÇÕES NO ANO: UMA DE CHUVA E OUTRA DE ESTIO. O QUADRO DA SECA SÓ SE CONFIGURA QUANDO NÃO HÁ UM PERÍODO DE CHUVAS ENTRE DOIS PERÍODOS DE ESTIO.

EI, PSIU! TRAZ MAIS ÁGUA.

ASSIM, OS NOSSOS TÉCNICOS DISPÕEM DE MÉTODOS E INDICADORES CAPAZES DE MOSTRAR EXATAMENTE EM QUE MOMENTO UMA ESTIAGEM PROLONGADA SE TRANSFORMA NO FENÔMENO CONHECIDO COMO SECA.

PORTANTO, NÃO DEVEMOS FALAR EM SECA QUANDO O QUE SE VÊ É APENAS UMA ESTIAGEM PROLONGADA.

PÔ! COMO É QUE É? ESSA ÁGUA VEM OU NÃO VEM?

PESQUISA: O SR. PREFERE DEBATE NA TV OU SHOW NA TV?
EU PREFIRO COMIDA NA GELADEIRA.

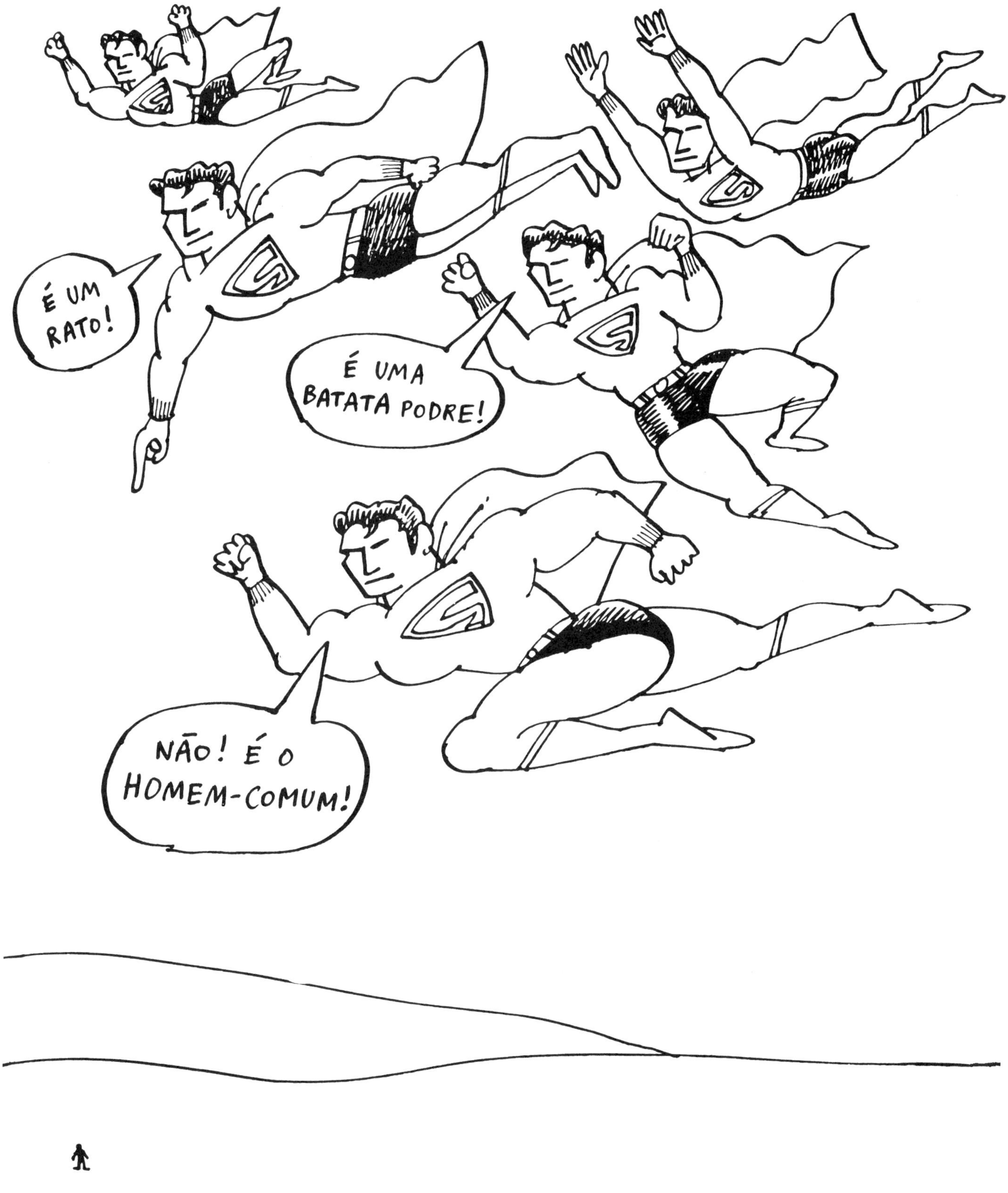
É UM RATO!
É UMA BATATA PODRE!
NÃO! É O HOMEM-COMUM!

TRIUNFA A RAZÃO!

OH! QUE LINDO DIA! ACHO QUE VOU DAR UM PASSEIO PELO BOSQUE.

MAS... NÃO SEI... PENSANDO BEM, TALVEZ EU ESTEJA EXORBITANDO. TALVEZ EU DEVESSE SER MAIS RAZOÁVEL.

É ISSO MESMO! NÃO VOU SAIR NÃO. VOU APENAS LEVANTAR-ME, FAZER UM POUCO DE GINÁSTICA, PREPARAR O MEU DESJEJUM E...

MAS O QUE É ISSO, MEU DEUS?
O QUE ESTOU DIZENDO?
TEREI PERDIDO O SENTIDO DE RESPONSABILIDADE?
ONDE ESTÃO O BOM SENSO, A PRUDÊNCIA, O COMEDIMENTO?

NÃO, NÃO... O MAIS ACONSELHÁVEL É FICAR AQUI MESMO. UM POUCO DE MODERAÇÃO NÃO FAZ MAL A NINGUÉM. VOU FICAR AQUI DEITADO E PENSAR NO QUE EU VOU FAZER AMANHÃ.

PENSANDO BEM, É MELHOR EU NÃO PENSAR EM NADA NÃO. VOU SÓ FICAR AQUI DEITADO. PRA QUE RADICALIZAR, NÃO É MESMO?

ISSO NÃO LEVA A NADA...

Quadro 1:
— BOA TARDE, EXCELÊNCIA!
— BOA TARDE. EM QUE POSSO SERVI-LO?

Quadro 2:
— EU REPRESENTO ALGUMAS GRANDES EMPRESAS QUE GOSTARIAM DE OBTER CERTAS FACILIDADES PARA CONCRETIZAR ALGUNS NEGÓCIOS IRREGULARES, ESCUSOS E ATÉ DANOSOS PARA A POPULAÇÃO E PARA A ECONOMIA DO PAÍS.

Quadro 3:
— ISSO É UM ASSUNTO MUITO DELICADO. EXISTEM CERTOS PRINCÍPIOS MORAIS QUE...
— É CLARO QUE NÓS ESTAMOS DISPOSTOS, INCLUSIVE, A MOLHAR A MÃO DE SUA EXª.

Quadro 4:
— NÃO! ISSO NUNCA! DE MANEIRA ALGUMA! ABSOLUTAMENTE!

Quadro 5:
— NÃO! ELAS ESTÃO MUITO BEM ASSIM...
— CALMA, EXCIA! EU NÃO DISSE LAVAR A MÃO. EU DISSE MOLHAR A MÃO...

O DIÁLOGO NORTE-SUL

- NÓS REPRESENTAMOS A QUARTA PARTE DOS POVOS DA TERRA E POSSUÍMOS 70% DA RIQUEZA DO MUNDO.

- MAS A VIDA É ASSIM MESMO E ESSA REUNIÃO NÃO VAI MUDAR ESSE ESTADO DE COISAS.

- MAS ESTAMOS DISPOSTOS A AUXILIAR OS PAÍSES POBRES CONTANTO QUE A GENTE LEVE ALGUMA VANTAGEM NESSE NEGÓCIO.

- O QUE É QUE O CARA TÁ FALANDO? DAQUI NÃO DÁ PRA ESCUTAR NADA...

Painel 1: A PALAVRA DO PAPA CALOU FUNDO EM MUITOS CORAÇÕES... — OH! MEU DEUS!

Painel 2: POR QUE HÁ TANTA MALDADE NO MUNDO?

Painel 3: POR QUE HÁ TANTA INJUSTIÇA? TANTA INIQÜIDADE, MEU DEUS?

Painel 4: E OS POBRES, COITADOS? PASSANDO FRIO E FOME?

Painel 5: POR QUE O MUNDO É TÃO CRUEL, MEU DEUS? POR QUÊ? POR QUÊ?

Painel 6: Eu tô levando uma grana dos hôme... — AH...

ESTE É O PAPAI NOEL.
EI, OLHA LÁ! É O PAPAI NOEL!
TENDO DEVOTADO SUA VIDA À NOBRE MISSÃO DE ESPALHAR FELICIDADE E CONTENTAMENTO PELO MUNDO INTEIRO...
ME LARGA!
SAI PRA LÁ, GAROTO!
ESTE HOMEM ABNEGADO E GENEROSO QUASE NÃO TEM TEMPO PARA DEDICAR-SE A SI PRÓPRIO.
CAI FORA, PÔ! QUERO LER O MEU JORNAL!
MAS LÁ UMA VEZ OU OUTRA O BOM VELHINHO TAMBÉM TEM OS SEUS MOMENTOS DE ALEGRIA.
OBA!
ÍNDICES DE MORTALIDADE INFANTIL NO BRASIL

O DRAMA DA SECA!

Como todos os anos, a seca se abate sobre o Nordeste.

E uma das maiores vítimas da seca são os corruptos.

— E agora? Como é que vão molhar a nossa mão?

Tangidos pela seca, milhares de corruptos deixam seu torrão natal em busca de melhores condições de vida.

O que acarreta um grande problema social: o excesso de mão-de-obra nos grandes centros.

NÃO HÁ VAGAS

— Lamento muito. Todas as jogadas já foram feitas.

Mas o Ministério do Interior promete providências imediatas.

— Mesmo que não fosse obrigação do governo, teríamos que fazer alguma coisa por eles. Afinal, são nossos semelhantes!

BRASIL NUCLEAR

PROTEGIDOS POR ROUPAS ESPECIAIS, À PROVA DE RADIOATIVIDADE, MENDIGOS PROCURAM RESTOS NOS LATÕES DE LIXO ATÔMICO ELIMINADO PELAS USINAS DE ANGRA. SEGURANÇA E DESENVOLVIMENTO, METAS FINALMENTE ALCANÇADAS!

60

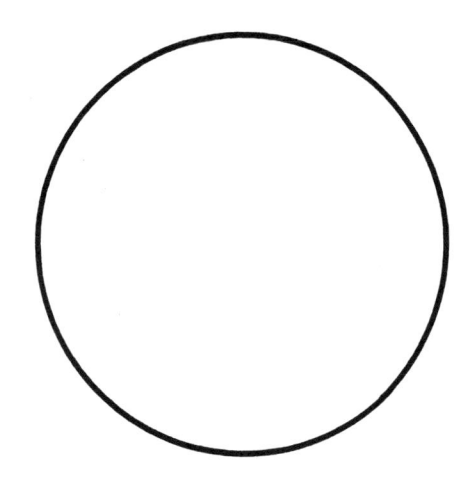

TEMPOS DIFÍCEIS!

UM COPO D'ÁGUA E DOIS PALITOS.

NO CAPRICHO!

É SÓ UM COPO D'ÁGUA?

É. EU DIVIDO COM ELA.

DEPOIS...
VAMOS EMBORA?
VAMOS.
GARÇOM, PODE TRAZER A CONTA... AH! EMBRULHA O PALITO QUE SOBROU, QUE EU VOU LEVAR PRA CASA...
POIS NÃO.
CHURRASCARIA
MEU DEUS! QUE COISA DEPRIMENTE! ESSAS PESSOAS PEGANDO RESTOS DE ÁGUA E PALITOS USADOS! ONDE É QUE NÓS VAMOS PARAR?
ALGUÉM TEM QUE FAZER ALGUMA COISA!

O SR. É DO ESCÂNDALO DA MANDIOCA?
NÃO. EU SOU DO ESCÂNDALO DO INHAME.
SE FOR O DA BATATA-DOCE É COMIGO MESMO.

Quadro 1:
— De Raimundo Correia, "A Cavalgada".

Quadro 2:
— A lua banha a solitária estrada...
Silêncio!... Mas além, confuso e brando,
O som longínquo vem se aproximando
Do galopar de estranha cavalgada.

Quadro 3:
— São fidalgos que voltam da caçada;
Vêm alegres, vêm rindo, vêm cantando,
E as trompas a soar vão agitando
O remanso da noite embalsamada.

Quadro 4:
— E o bosque estala, move-se, estremece...
Da cavalgada o estrépito que aumenta
Perde-se após no centro da montanha.

Quadro 5:
— E o silêncio outra vez soturno desce...
E límpida, sem mácula, alvacenta
A lua a estrada solitária banha.

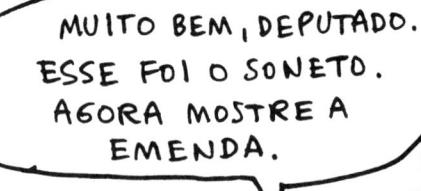

Quadro 6:
— Muito bem, deputado. Esse foi o soneto. Agora mostre a emenda.
— Espero que seja melhor.

EI, O QUE É QUE TÁ ESCRITO LÁ? EU NÃO TÔ VENDO DIREITO.
TÁ ESCRITO ASSIM: "VOCÊS TODOS...
...SÃO...
...UNS BABACAS."
VIU SÓ? NEM SEMPRE A PUBLICIDADE PRECISA SER MENTIROSA E DESONESTA.

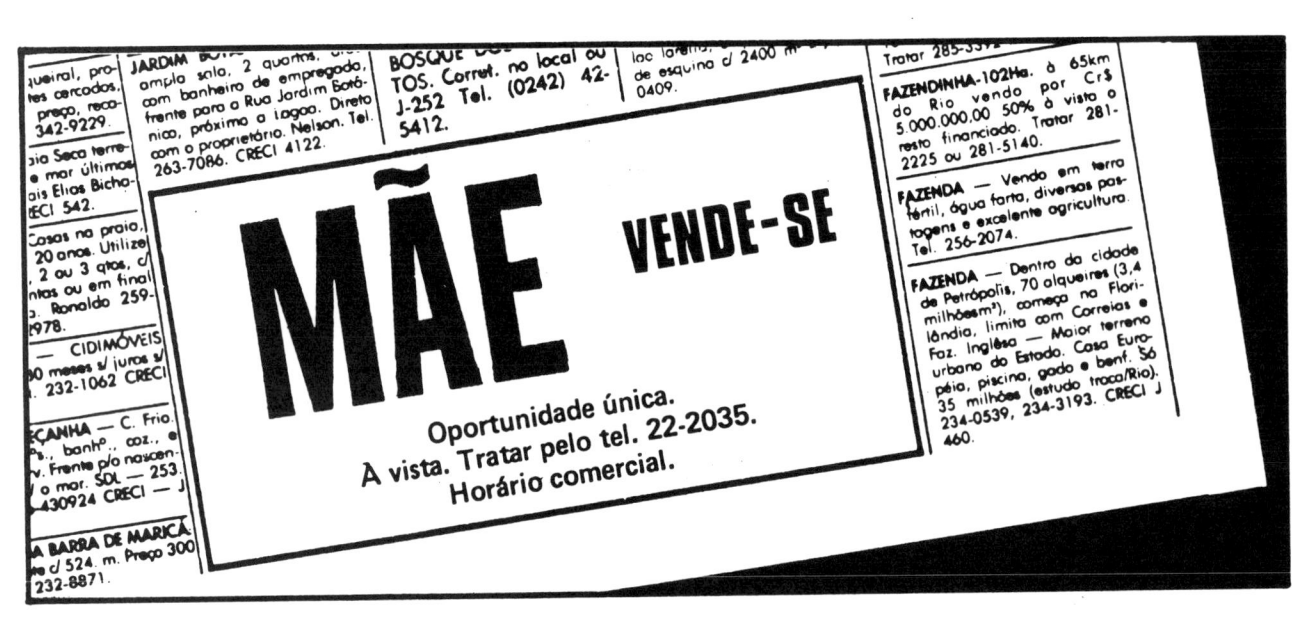

MÃE VENDE-SE

Oportunidade única.
À vista. Tratar pelo tel. 22-2035.
Horário comercial.

— É. É AQUI MESMO.

— ISSO. SÓ À VISTA.

— QUE ANO? 1930... MAS CLARO QUE ESTÁ EM PERFEITO ESTADO.

— NÃO, NÃO PRECISA. NÓS MANDAMOS ENTREGAR.

E AGORA? A CRISE!... MÃE SÓ TEM UMA... E ELA ERA TUDO QUE EU TINHA...
ÔPA!
Alma
Compra-se
Todos os tipos.
Tratar com
Demon and Sons Inc.

> Não! É mentira! Essas notícias carecem de fundamento!...

O acordo nuclear Brasil-Alemanha, ao contrário do que muitos imaginam, foi fator de estímulo à pesquisa no Brasil, e a prova é que já foi desenvolvido em nosso país um novo processo de enriquecimento de urânio: o enriquecimento ilícito. Na foto, uma partícula de urânio enriquecido.

> EU ME PREOCUPO MUITO COM OS VALORES HUMANOS...

> É... CADA HOMEM TEM SEU PREÇO...

> E O MEU VAI AUMENTAR NA SEMANA QUE VEM APROVEITEM!

— QUANTO VOCÊ QUER PRA ME DEIXAR DE FORA DESSE DOSSIÊ SOBRE O MAR DE LAMA?

— HMMM...

— OS GOVERNADORES DA OPOSIÇÃO ESTÃO MELHORANDO AS PENITENCIÁRIAS.

— AINDA BEM! ESPERO QUE TUDO ESTEJA EM ORDEM QUANDO A GENTE FOR PRA LÁ...

O PRETO NO BANCO

Num estabelecimento bancário no sul do Brasil...

— O Sr. tem ótimas qualificações e foi aprovado no teste, mas não vai poder ser aceito: o Sr. é muito baixo.

— O Sr. foi aprovado mas infelizmente o emprego não pode ser seu: o Sr. é muito alto.

— O Sr. é muito gordo.

— O Sr. é muito magro.

— Escuta aqui, por que você não pára com essa frescura e não admite logo que não vai nos dar o emprego porque nós somos pretos?
— Não posso.
— Por quê?
— No Brasil não existe discriminação racial.

— Mas eu ouvi falar que recentemente vocês deram emprego a um crioulo assim, igual a mim...
— É verdade.

— É que quando eu lhe disse que o emprego não seria dele ele levou um susto tão grande que ficou branco, e aí foi admitido imediatamente. Entendeu?
— Claro!

— Escuro!...

— E ASSIM, AMALGAMADOS NO COMBATE AOS INVASORES E À NATUREZA HOSTIL...
— É ISSO AÍ!

— O NOBRE PORTUGUÊS, O BRAVO ABORÍGENE E O NEGRO ESTÓICO FORJARAM A NACIONALIDADE!
— MUITO BEM!

— EU TE PERGUNTEI ALGUMA COISA, Ô CRIOULO?
— ?

— PÔ! QUEM DEIXOU ESSE CARA ENTRAR AQUI?!

JÓIAS DO PENSAMENTO RACISTA RECAUCHUTADAS

— CRIOULO QUANDO NÃO LUTA CONTRA A DISCRIMINAÇÃO RACIAL NA ENTRADA, LUTA CONTRA A DISCRIMINAÇÃO RACIAL NA SAÍDA.

— BRANCO CORRENDO É ESTELIONATÁRIO, PRETO CORRENDO TÁ ATRASADO PRO SEMINÁRIO SOBRE ZUMBI DOS PALMARES.

HMM... UM DESENHO SATÍRICO DE CUNHO POLÍTICO-SOCIAL...
MAS ISTO É UMA MENTIRA!
ISTO NÃO TEM O MENOR FUNDAMENTO! É UM EXAGERO E UM ABSURDO!
QUALQUER OBSERVADOR ATENTO DA NOSSA REALIDADE SABE QUE ISTO NADA TEM A VER COM O ATUAL ESTÁGIO DE DESENVOLVIMENTO SOCIOECONÔMICO!
HOJE NINGUÉM MAIS USA ESSA CARTOLA RIDÍCULA!

JANEIRO	**FEVEREIRO**	**MARÇO**	**ABRIL**
MAIO	**JUNHO**	**JULHO**	**AGOSTO**
SETEMBRO	**OUTUBRO**	**NOVEMBRO**	**DEZEMBRO**

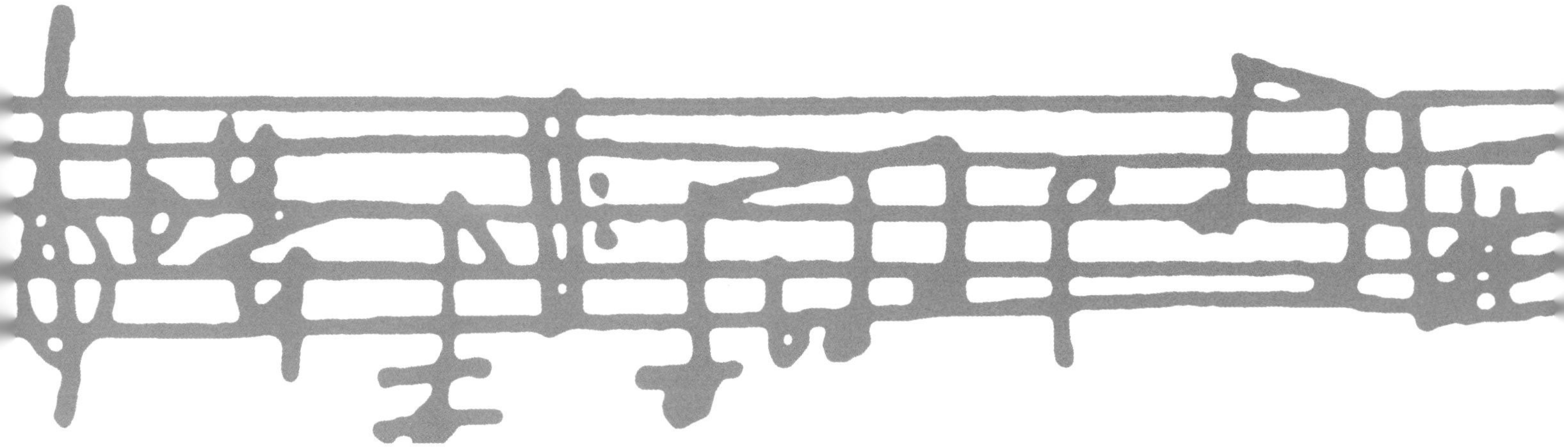

JAZZ

Uma pausa para um pouco de música, que ninguém é de ferro...

CHEFE, ACHO QUE AGORA ELE FALA.
É... TODO MUNDO COMEÇA A FALAR NA HORA DO SOLO DE CONTRABAIXO...

> **PRA D. LENY ANDRADE, UM FILÉ À OSVALDO ARANHA... E A SRA. QUER O QUE PRA ACOMPANHAR?**

> **PIANO, BAIXO E BATERIA... UM PIANO À JOÃO CARLOS COUTINHO, UM BAIXO À LUCIO NASCIMENTO E UMA BATERIA À ADRIANO DE OLIVEIRA.**

> **MAIS ALGUMA COISA?**

> **"E NADA MAIS" DE DURVAL FERREIRA.**

Esses nomes aí são dos caras do trio que acompanhou a Leny Andrade durante muitos anos. E Durval Ferreira é o autor de E Nada Mais, Estamos Aí, Batida Diferente e um monte de outros clássicos da bossa-nova.

...E AS CAPAS DOS LPs NOS ANOS 50?

"Ô ERROLL GARNER, VOCÊ FICOU LINDA!"

"É... A COLUMBIA RECORDS TEM UMA ÓTIMA EQUIPE DE MAQUIADORES."

"LOOK AT ME... ♪"

THE MOST HAPPY PIANO
ERROLL GARNER

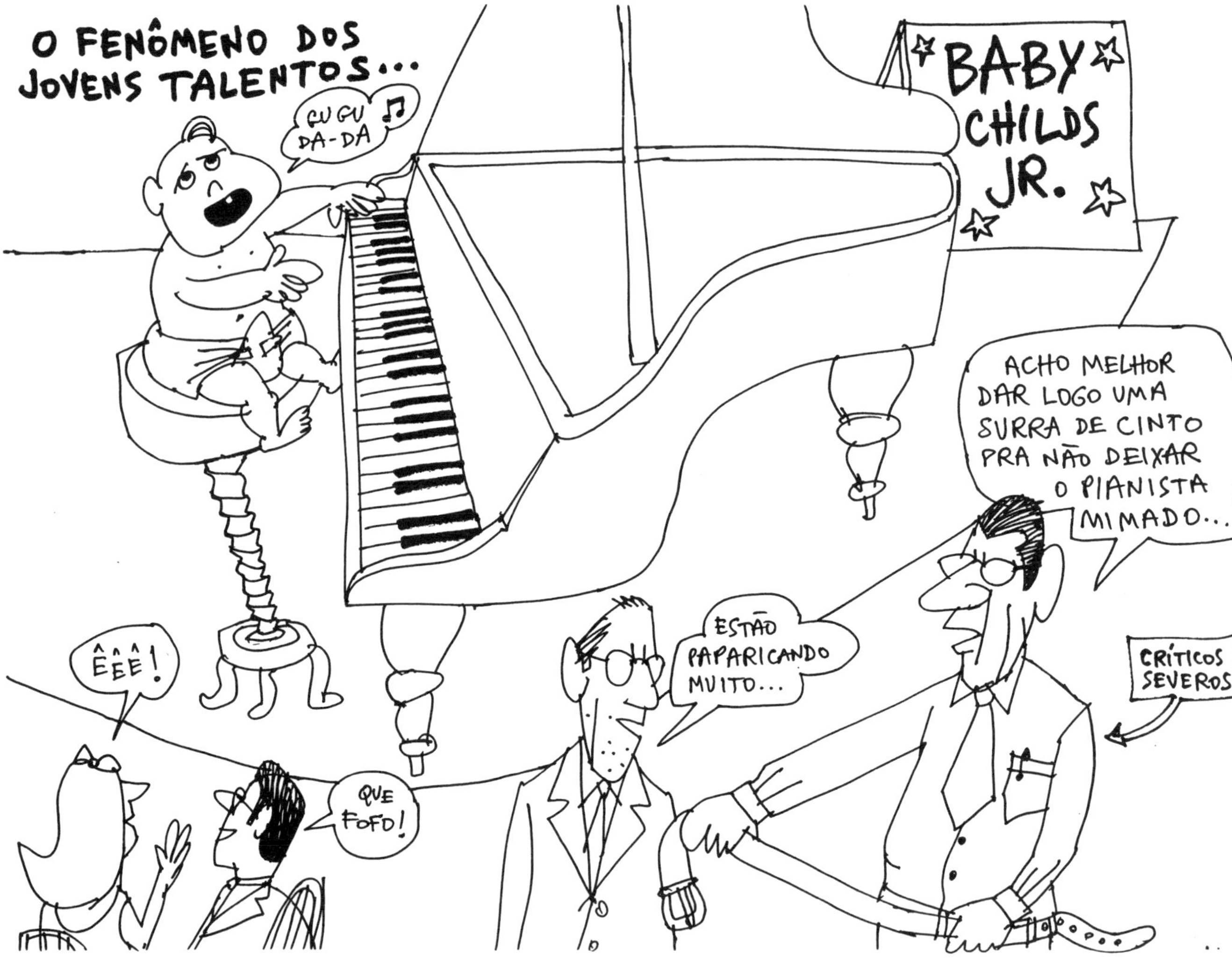
O FENÔMENO DOS JOVENS TALENTOS...
GU GU DA-DA ♪
BABY CHILDS JR.
ACHO MELHOR DAR LOGO UMA SURRA DE CINTO PRA NÃO DEIXAR O PIANISTA MIMADO...
ÊÊÊ!
ESTÃO PAPARICANDO MUITO...
CRÍTICOS SEVEROS
QUE FOFO!

Jazz na Mesa
...PRA MIM QUANDO O WAYNE SHORTER MANDOU UMA ESCALA DE RÉ COM SÉTIMA EM CIMA DO SI BEMOL MAIOR NÃO TEVE NADA DE MAIS, FOI UM LANCE LEGÍTIMO...
É... PELO MENOS NÃO ENTROU DE QUALQUER MANEIRA, QUE NEM O TIME DO FREE JAZZ...
_MAS TAMBÉM NÃO PRECISA FICAR FAZENDO FIRULA E TOCANDO PRA TORCIDA, COMO O MICHEL CAMILO...
QUAL É O POBREMA? SE O CARA SABE FAZER FIRULA TEM MAIS É QUE MOSTRAR PRA GALERA...
É... O JAZZ MOLEQUE, O JAZZ ALEGRE, O JAZZ ARTE...
SEMANA QUE VEM ESTAREMOS AQUI COM MAIS UM JAZZ NA MESA, SEMPRE NUM OFERECIMENTO DA BUCHA PRA LIMPAR SAXOFONE DA MARCA SANTA TEREZINHA!
Sta. Terezinha

UNS AMIGOS ADVOGADOS RESOLVEM FORMAR UM GRUPO DE JAZZ LATINO...

"DATA VENIA, VAMOS TOCAR UM TEMA DE DIZZYUS GILLESPIUM NUM ARRANJO TOTALMENTE AD LIBITUM."

"ALEA JACTA EST."

"I, II, III, IV!"

"ERRARE HUMANUM EST."

O TELEMARKETING IDEAL

"Não desligue. Sua ligação é muito importante. E já que você vai ter que esperar mesmo, fique ouvindo uma versão de 15 min. de Impressions gravada ao vivo por John Coltrane no Village Vanguard..."

"Menos mal..."

REINALDO

MELHORA O POLICIAMENTO NO RIO!

"Mas seu guarda, eu não fiz nada! Por que o Sr. me mandou parar?"

"E esse CD do Kenny G.?"

Fó-fon ri-fon-fon ♪

"VOLTO JÁ, MÃE. UNS AMIGOS MEUS TÃO TOCANDO NUM BARZINHO E ME CHAMARAM PRA DAR UMA CANJA..."

O detalhe perturbador aqui é que a gente não sabe ao certo se a Mamãe Galinha está triste com a possibilidade de seu filho virar canja ou se está chocada com o fato de ele estar indo para uma jam-session...

Uma antiga polêmica...

"INVENTEI O CD!"

"MAS EU AINDA ACHO O SOM DO VINIL MUITO MELHOR!"

GRONK RECORDS — GREK AND THE STONE AGE ROCKERS

Da série: JAZZ PELO MUNDO
Nº1: AFEGANISTÃO
Contrabaixista afegão levando a mulher pra uma jam session.
AL-JAZZ-IRA
HOJE! HAPPY HOUR!
SEM COUVERT ARTÍSTICO
SEM MÚSICA!

Da série: JAZZ PELO MUNDO.
Nº 2: TUNISIA

Pô! Uma dessas cobras deixou o celular ligado!

① A NIGTH IN TUNISIA, de Dizzy Gillespie
② MISSÃO IMPOSSÍVEL, de Lalo Shifrin

Da série: JAZZ PELO MUNDO
Nº 3: PÓLO NORTE

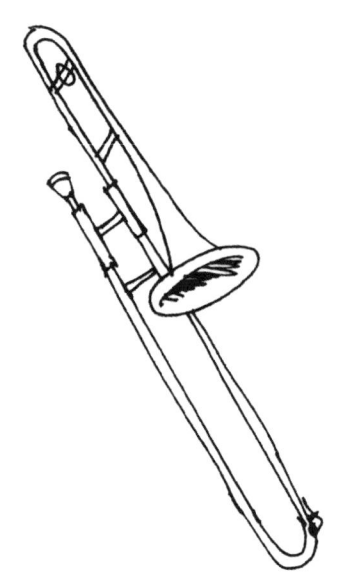

No flagrante, um dos bons momentos da apresentação de Sivuca e Hermeto Paschoal no *North Pole Jazz Festival*, quando contaram com a participação especial de um jovem talento local, o Urso Polar do Trombone.

*O cartunismo de jazz no Brasil é um nicho de mercado tão pequeno que só cabe um, no caso, eu.
Todos esses desenhos foram publicados na revista* Jazz+.

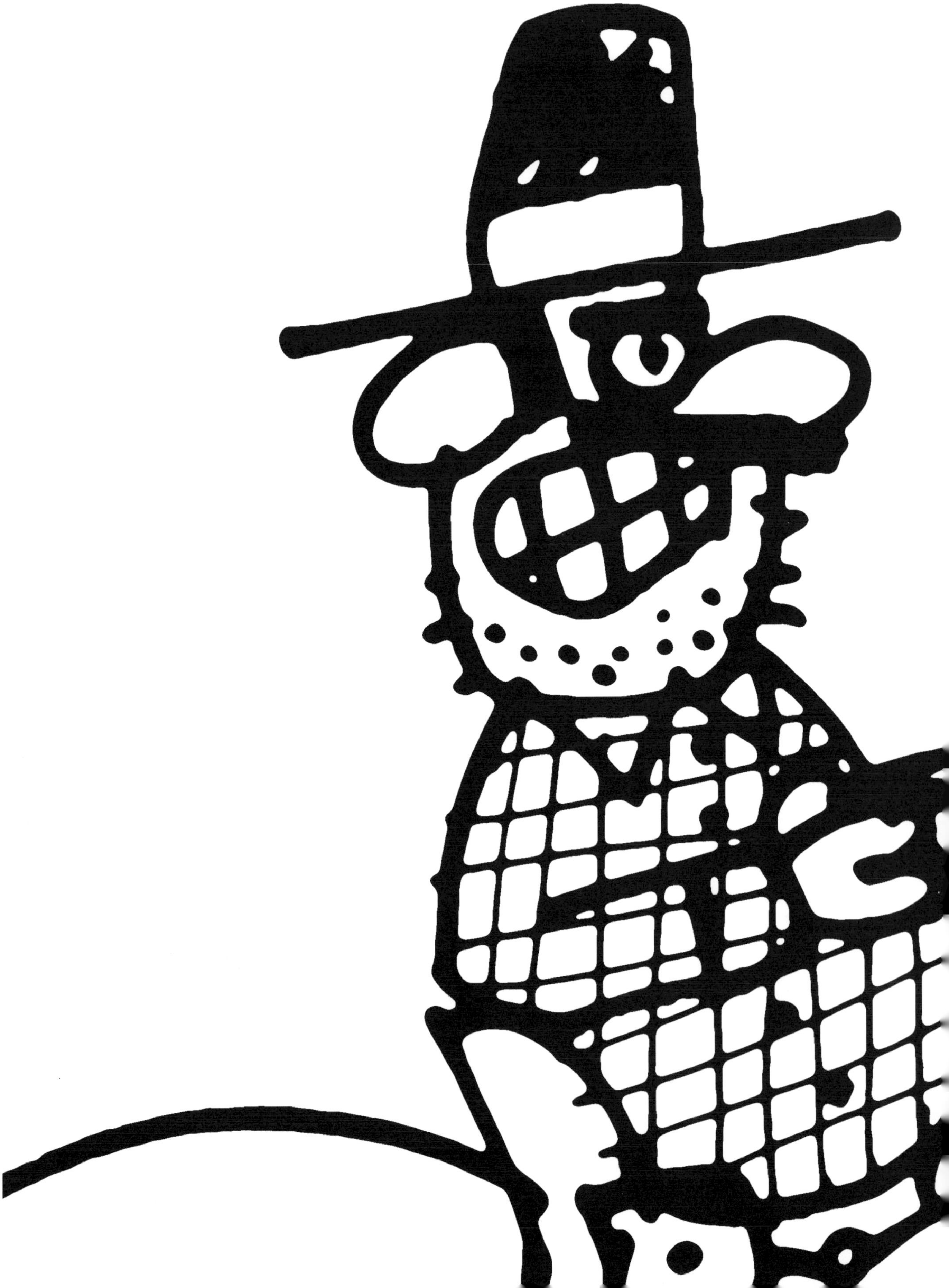

O HUMOR ENGRAÇADO DE MONGOL

— Viu, querido? Já liberaram os cruzados para pagar sepultura. Por que é que você não morre?

A VOLTA DE MONGOL

O Mongol era uma criatura do *Planeta Diário* (na época formado por Hubert, Cláudio Paiva e eu). Ele era o cartunista e chargista político da nossa publicação, mas, como não sabia desenhar, apenas "sampleava" desenhos de velhas revistas do século passado e mudava as legendas. O *Planeta Diário* acabou e o Mongol sumiu, mas recentemente eu resolvi ressuscitar o quase famoso cartunista, chargista político e débil mental...

Estas são as ilustrações feitas pelo cartunista Mongol especialmente para o livro de auto-ajuda *Como Se Dar Bem Na Vida Mesmo Sendo Um Bosta* (Casseta & Planeta, Editora Objetiva, 2005). Depois do período em que trabalhou no *Planeta Diário*, Mongol abandonou totalmente a carreira e morou por um tempo fora do país, vivendo principalmente no Paraguai e no Ostracismo. Mas, recentemente, o artista conseguiu dar a volta por cima, graças a um processo de auto-ajuda, baseado na leitura das obras *Como se Tornar um Desenhista do Caralho Mesmo Sendo um Desenhista de Caralhos na Parede do Banheiro* e *Como se Tornar um Mestre do Barroco Mineiro Mesmo Sendo um Aleijadinho*.

A prática constante do auto-retrato como fator de auto-ajuda foi fundamental para a recuperação do cartunista Mongol

Seja gentil com o chefe.
IH! pisei em você, Jurandir... foi mal...
Não. A culpa foi minha. Eu é que estava embaixo do seu sapato...
CHEFE
Mongol

Algumas mulheres preferem homens mais evoluídos.

E aí, gostosa? Pode ser ou tá difícil?

Podemos marcar um jantar pra daqui a 30.000 anos.

O primeiro passo para perder peso é assumir que está gordo.

Gordo? Quem? Eu?

Como se dar bem com a família.

"Pai, hoje é sexta-feira. Me empresta a chave do carro?"

"Não!"

Aprenda cantadas infalíveis.

"O que uma garota como você está fazendo num lugar como este?"

SEX SHOP

Tenha autoconfiança. Mas respeite seus adversários.

Desenvolva sua auto-estima!

BANDIDO →

CAVALO ↓

"Você sabe com quem está falando?"

Sim, o cartunista Mongol está de volta! Mas está vindo *de parado*, meio devagar.
Fez este desenho e até agora está babando em cima dele, sem conseguir acabar.
Só falta o texto pro balão. E ele ainda está em dúvida entre essas opções...

O chefe vai querer o de sempre: uma porção de BONZO LIGHT e um osso diet, no capricho.

O ministro tá pedindo pra ele arranjar umas cachorras pruma suruba...

Ele quer mudar de operadora. Quer sair da Oi e ir pra AU!

É um deputado que quer saber quanto ele cobra pra fazer uma cachorrada.

O Rex está sendo convocado para depor na CPI... Ele é o melhor amigo do <u>homem</u>.

Ele deixou o cocô dele na calçada. Por favor, pede pro manobrista estacionar melhor.

É um amigo dele que é pastor alemão e quer lançar uma nova igreja evangélica...

Nós vamos dividir uma bacia cheia de fubá com restos de carne... E traz também uma tigela com água.

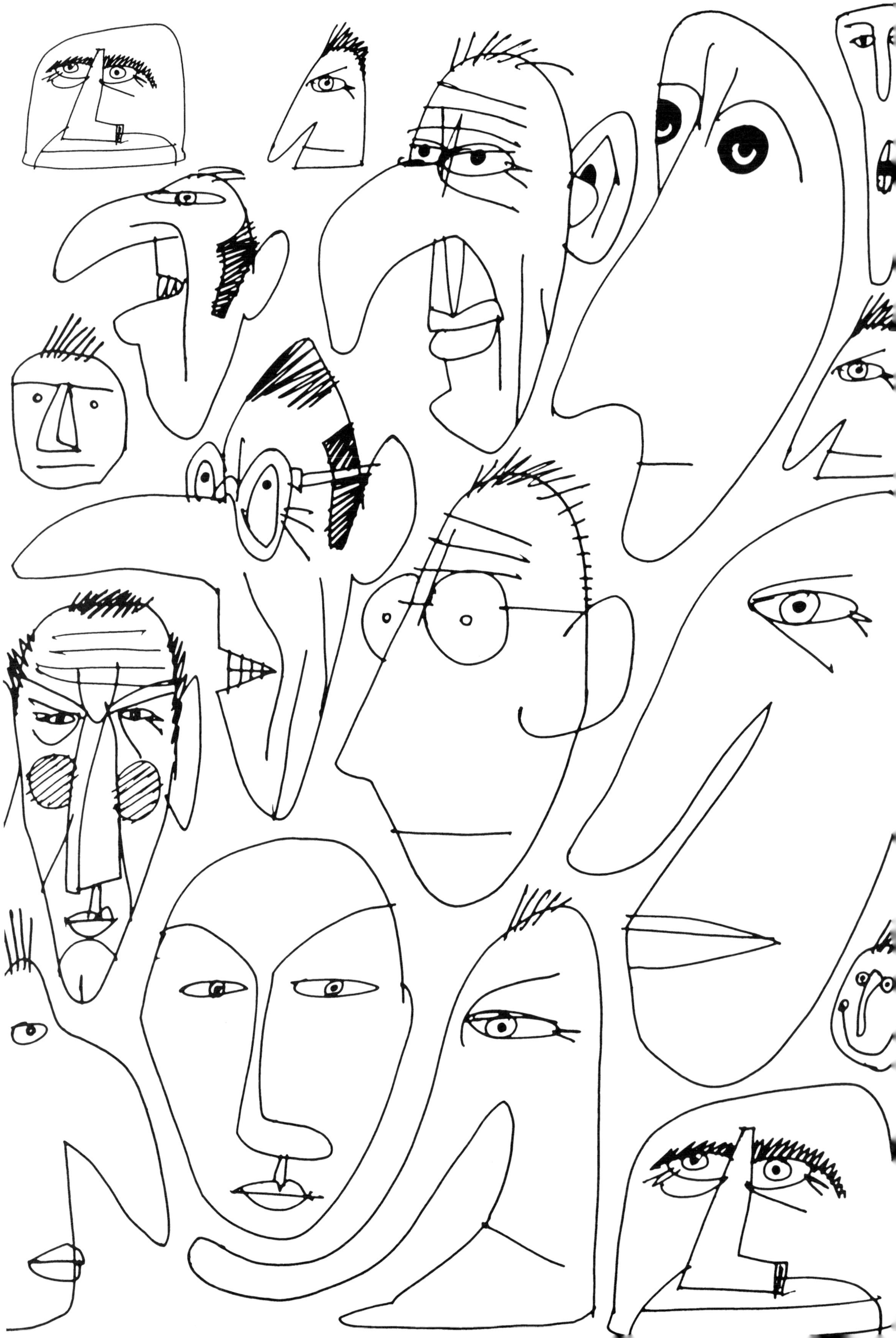

OUTRAS PARADAS

Rabiscos, desenhos soltos e um monte de ilustrações,
a maioria delas criadas para o *Pasquim*

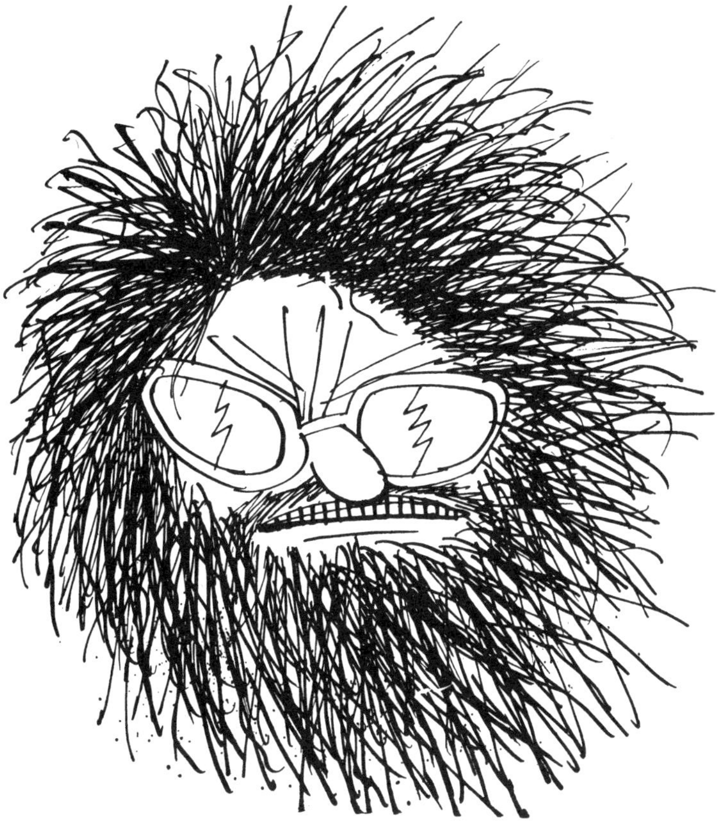

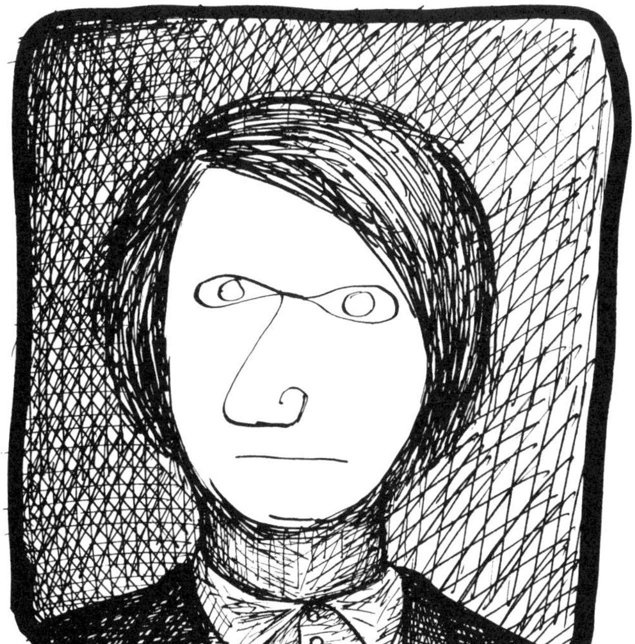

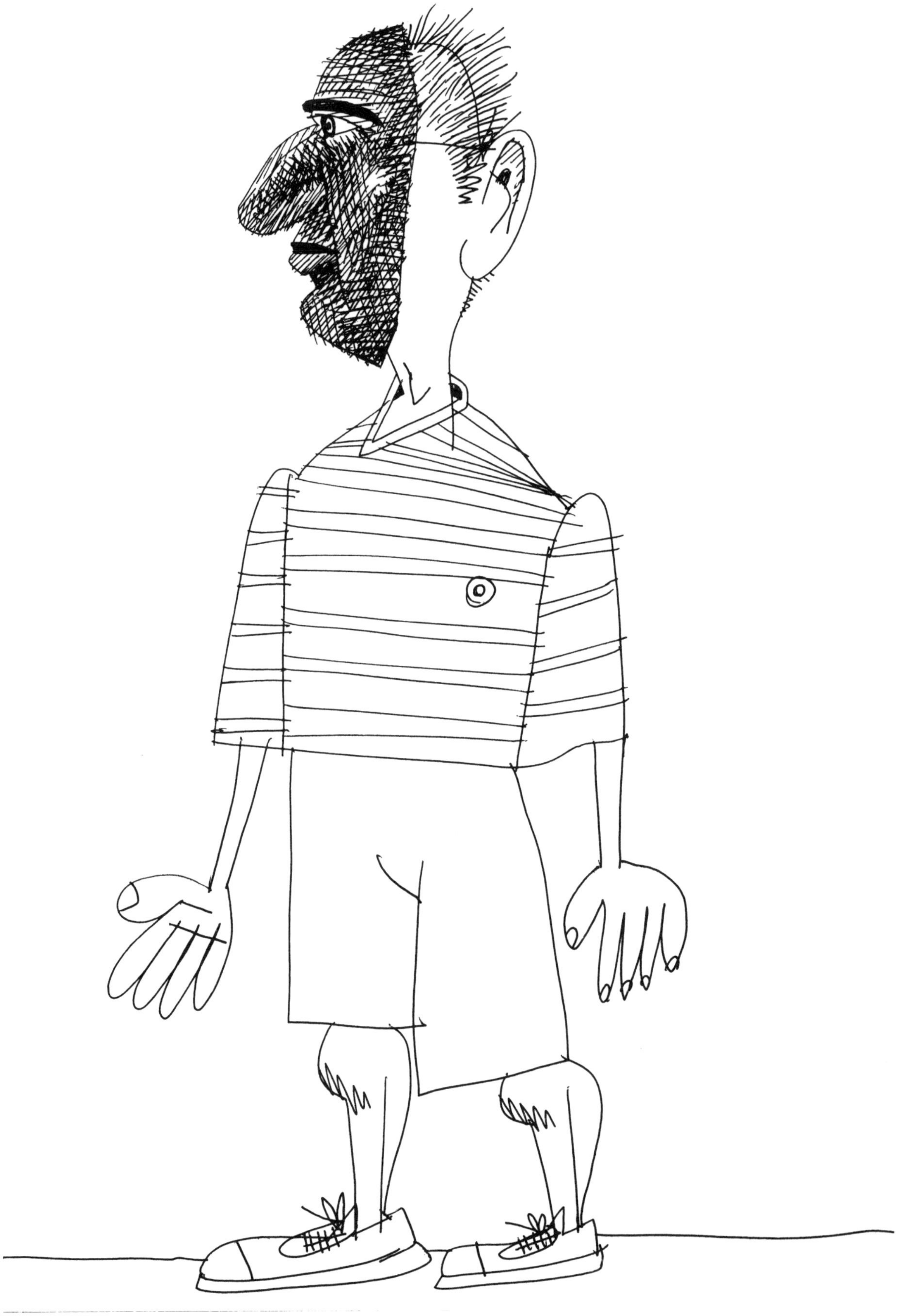

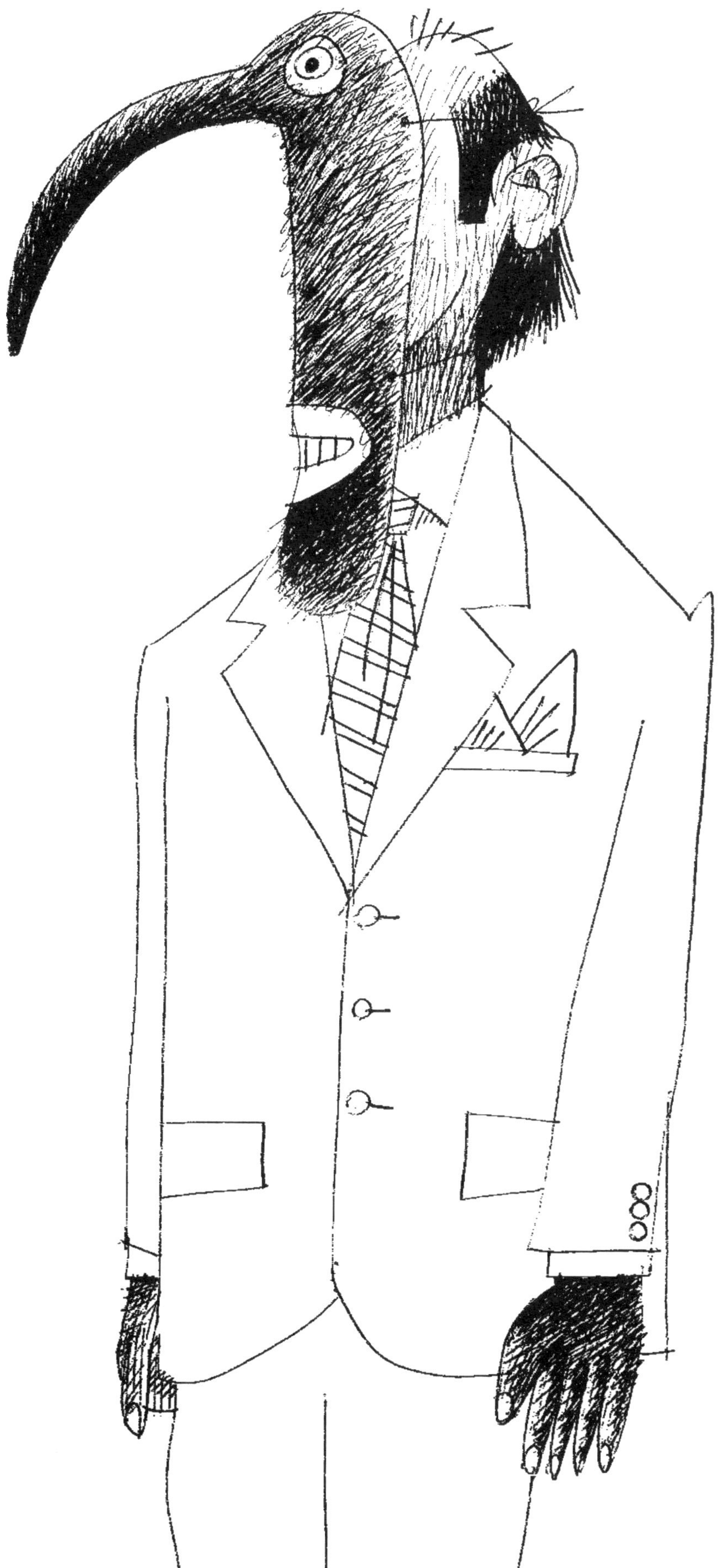

Desenho em estilo xilogravura de cordel pra ilustrar um texto do Ivan Lessa. O Cego Aderaldo foi um dos maiores cantadores do nordeste, e o George Shearing um grande pianista inglês de jazz, igualmente cego.

FUZILEIRO NASAL

BATALHA NASAL

UM AMOR EM CADA PORCO

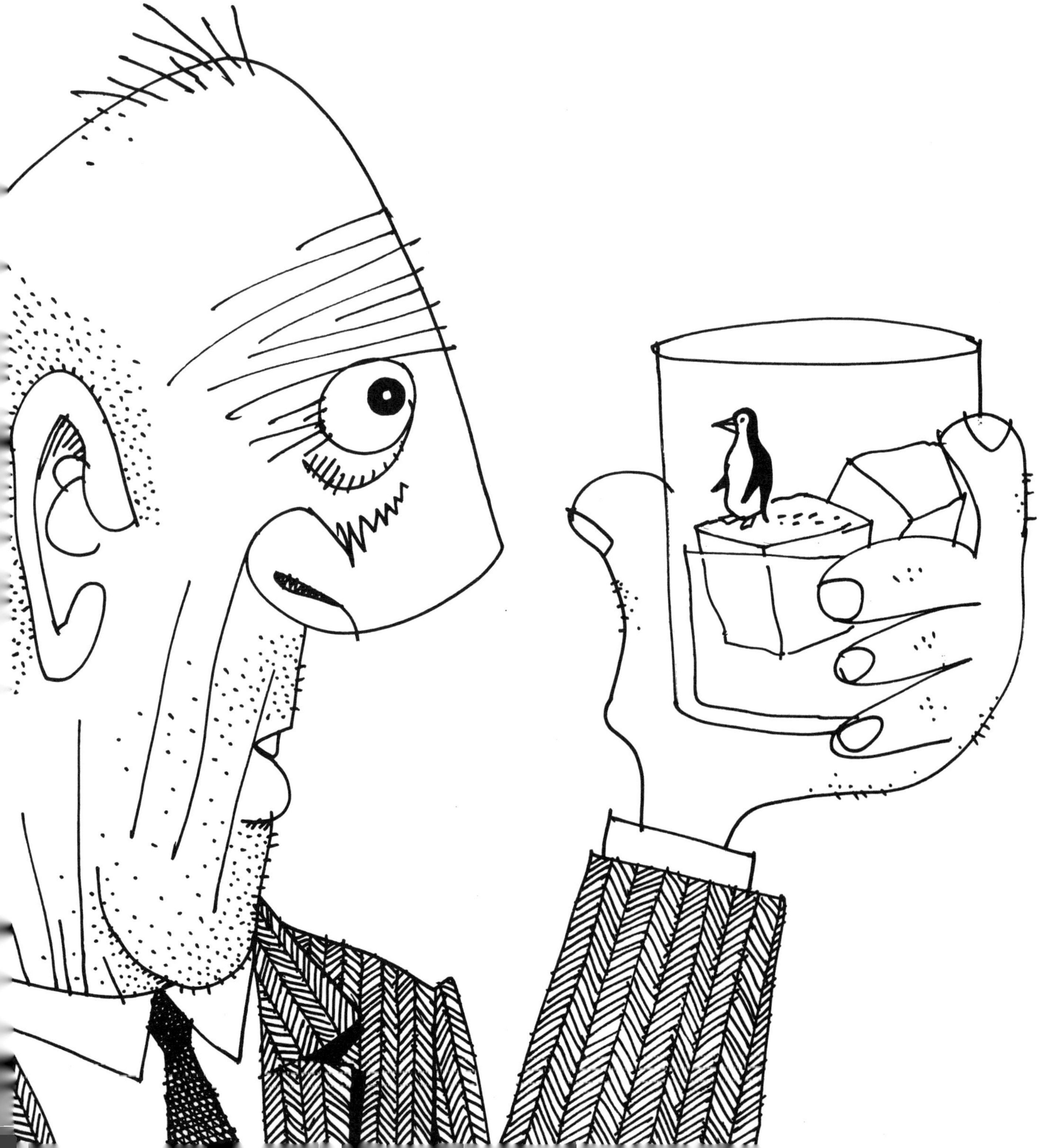

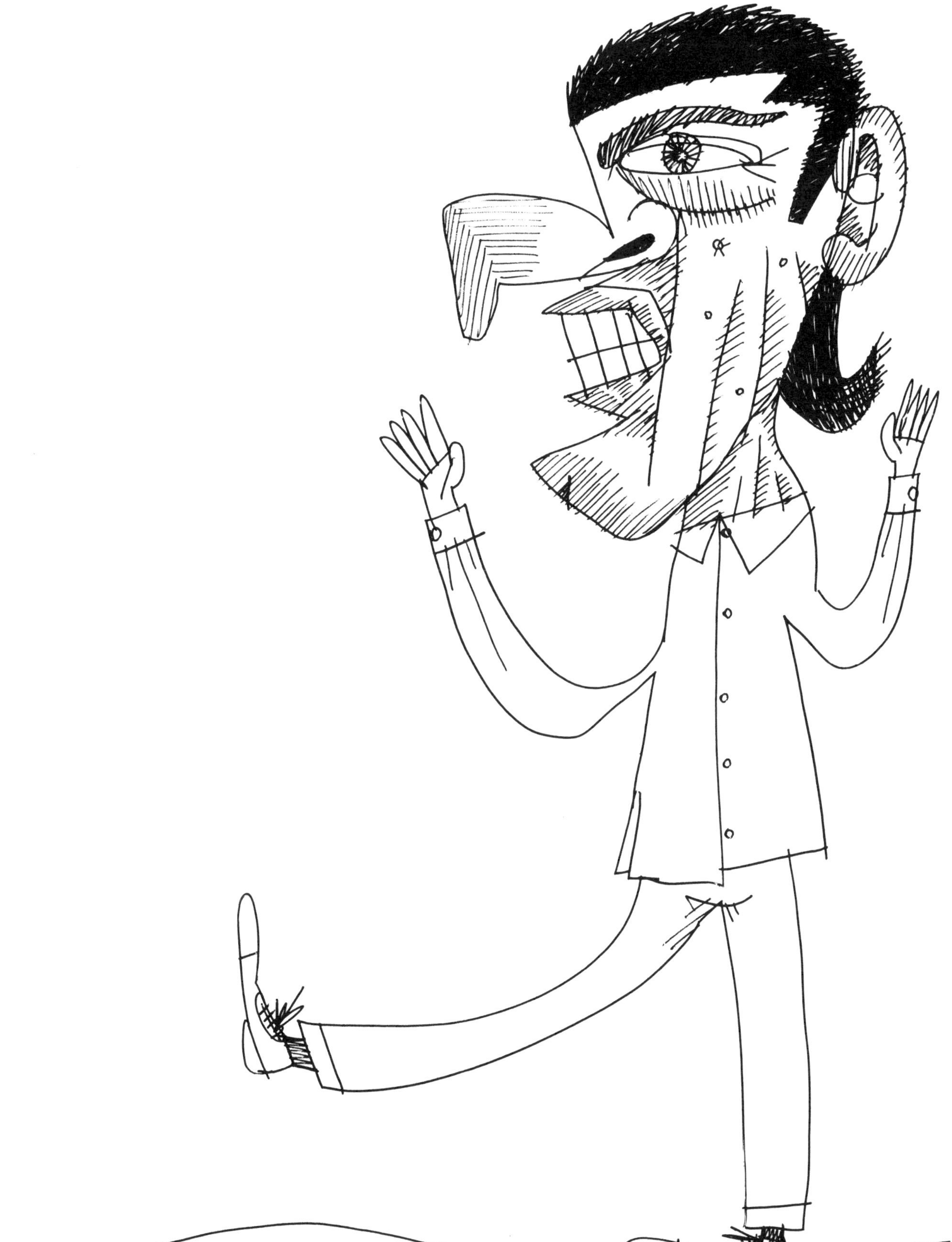

O CRICKET É UMA CAIXINHA DE SURPRESAS...

INTERROMPEREMOS AS NOSSAS TRANSMISSÕES DEVIDO A UMA FALHA NOS NOSSOS TELESPECTADORES.

CONTÉM CORANTE , AROMATIZANTE ET-1, ACIDULANTE A-III, UMECTANTE, FLAVORIZANTE A-IV, ESTABILIZANTE ESPESSANTE F-5, EDULCORANTE, SABOR ARTIFICIAL DE TORTA

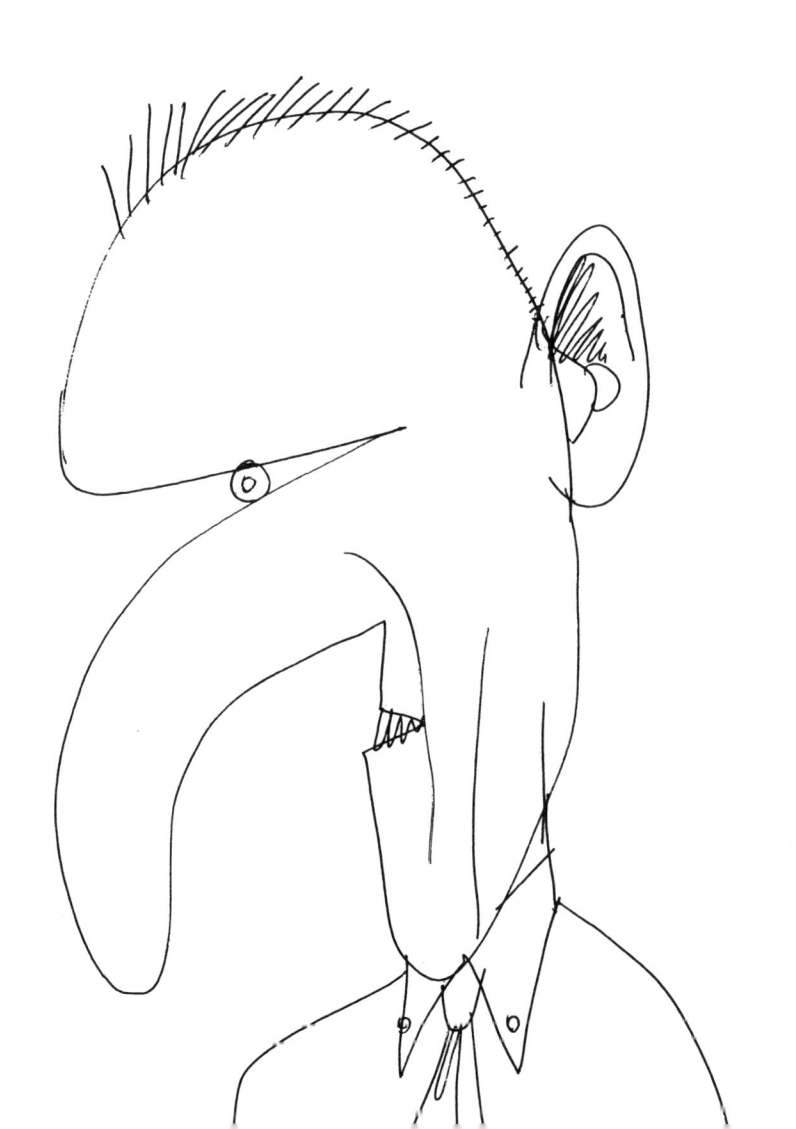

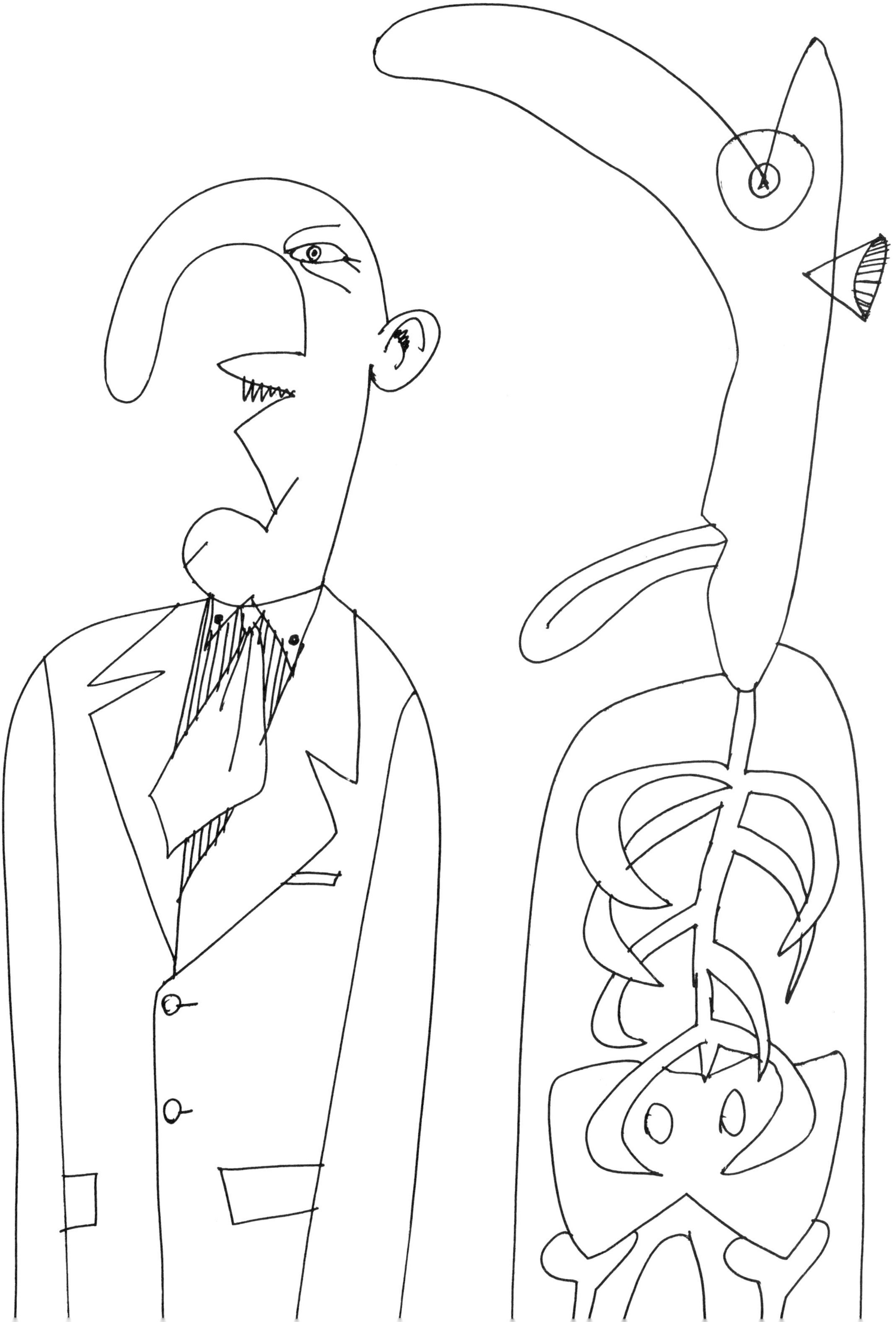

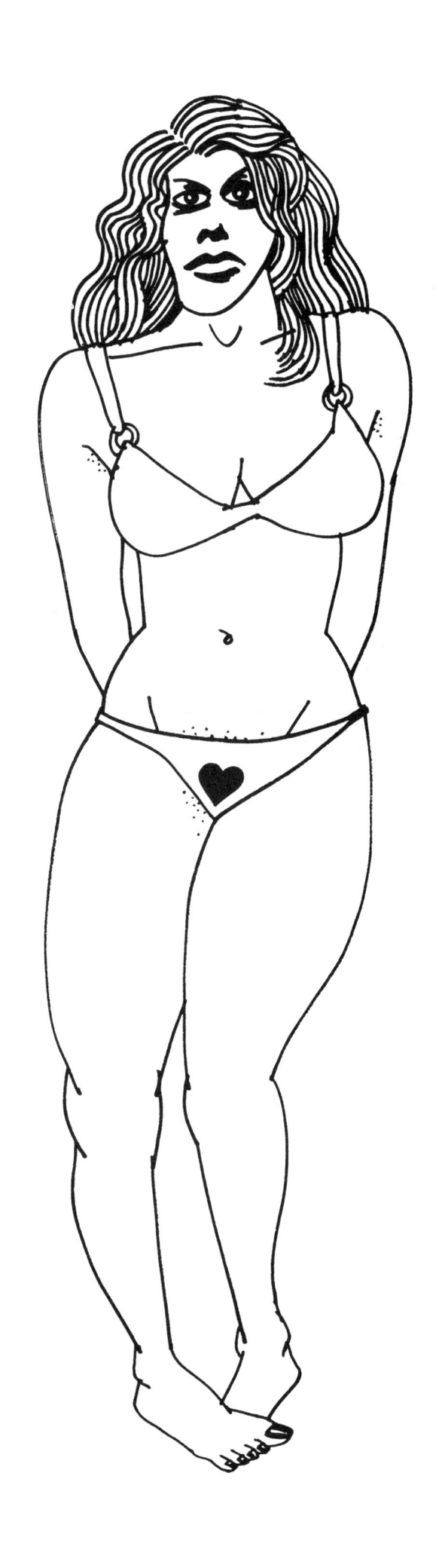

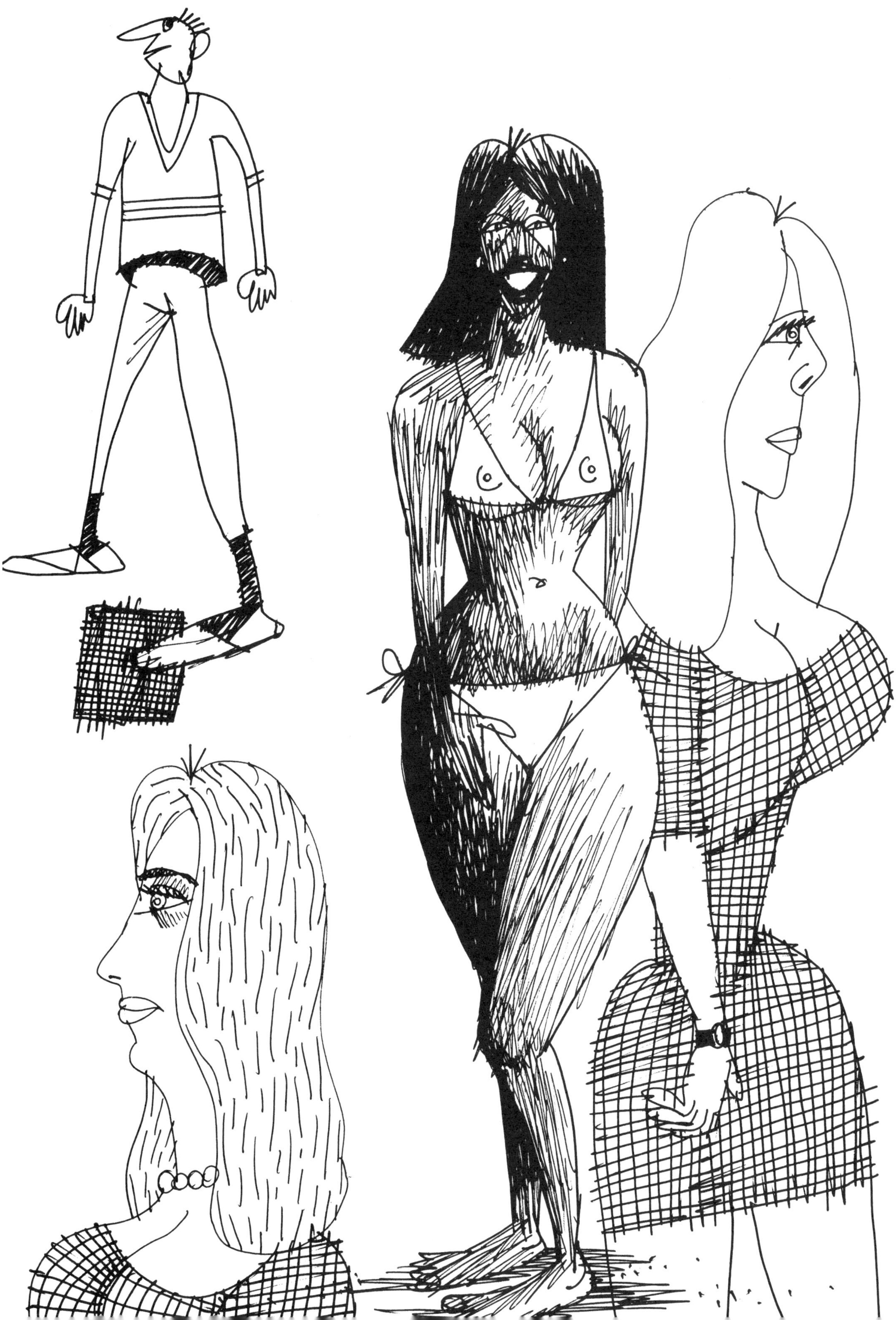

EMPAPAR
Encharcar Sua Santidade

GENERALIZAR
Ato de alisar o general

MUDA
Pequena planta que não fala

A capa e algumas das ilustrações que eu fiz para o Pai dos Burros, *um "dicionário" escrito pelo Cesar Cardoso (Editora Salamandra, 1996)*

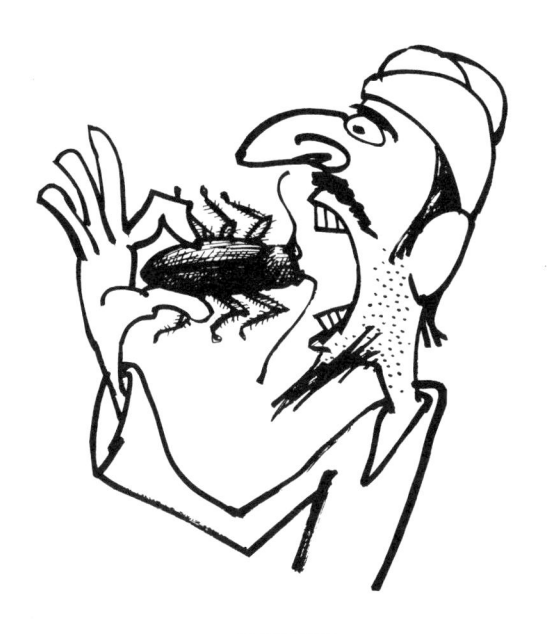

KAFKA
Comida árabe feita de enormes insetos
conhecidos como Gregor Samsa

PARALÍTICO
Período da Terra em que nada se movia

TRANSPIRAR
Enlouquecer, fazendo meditação em saunas

VACÂNCIA
Ausência de vacas

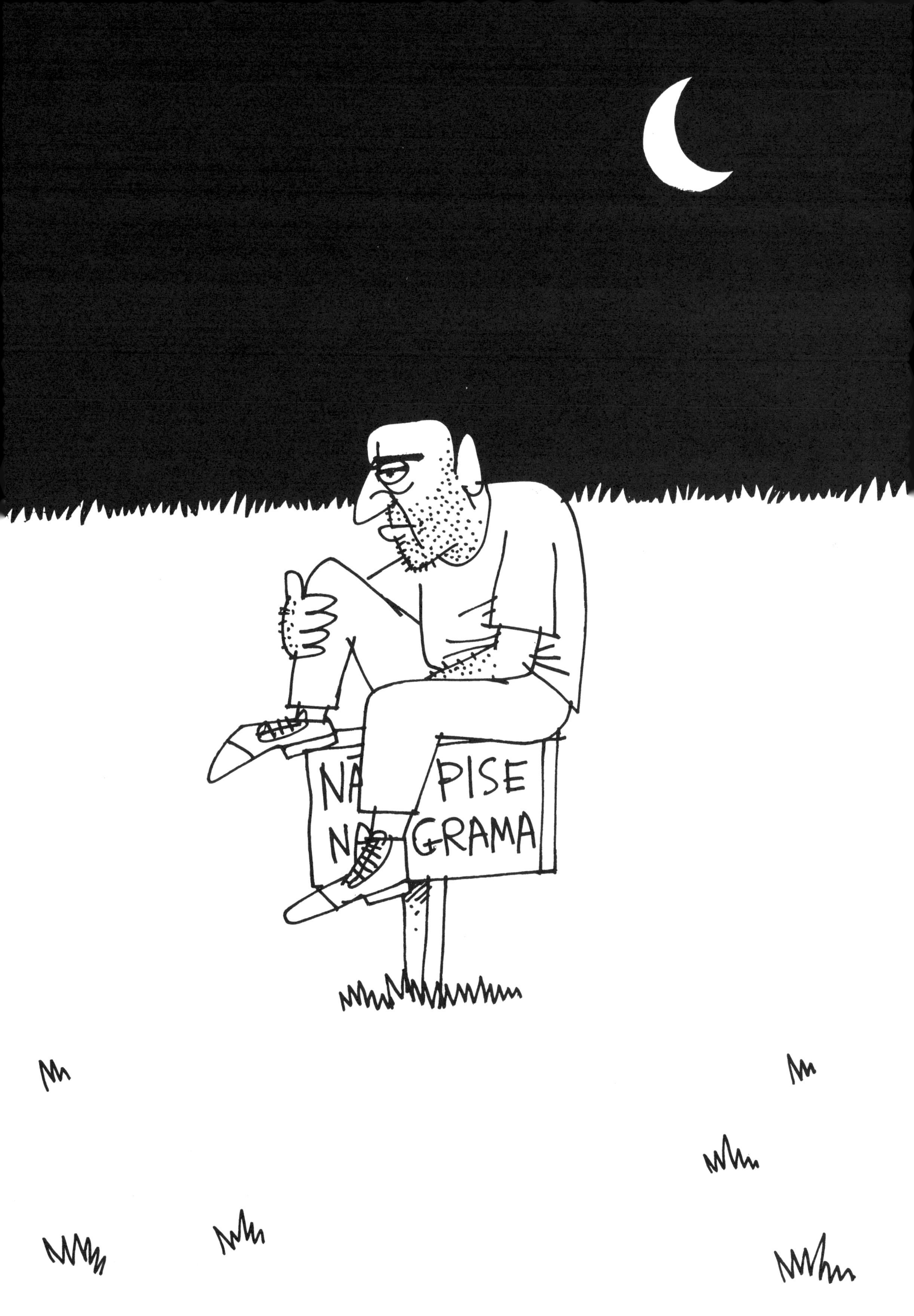
NA PISE
NA GRAMA

Tapete intitulado Quem coça o cu, mais cedo ou mais tarde acaba cheirando o dedo, *o primeiro da série* Grandes Sucessos da Sabedoria Popular. *Foi instalado na sala de reuniões do* Casseta & Planeta *com o objetivo de melhorar a acústica e amenizar a alta decibelagem das discussões por causa de um adjetivo ou uma vírgula. A experiência não foi bem-sucedida.*

DANTESCO.
FELINIANO.
RABELAISIANO.
HOMÉRICO.
BUÑELESCO.
ALEGÓRICO?
GRANDE FORÇA DRAMÁTICA.

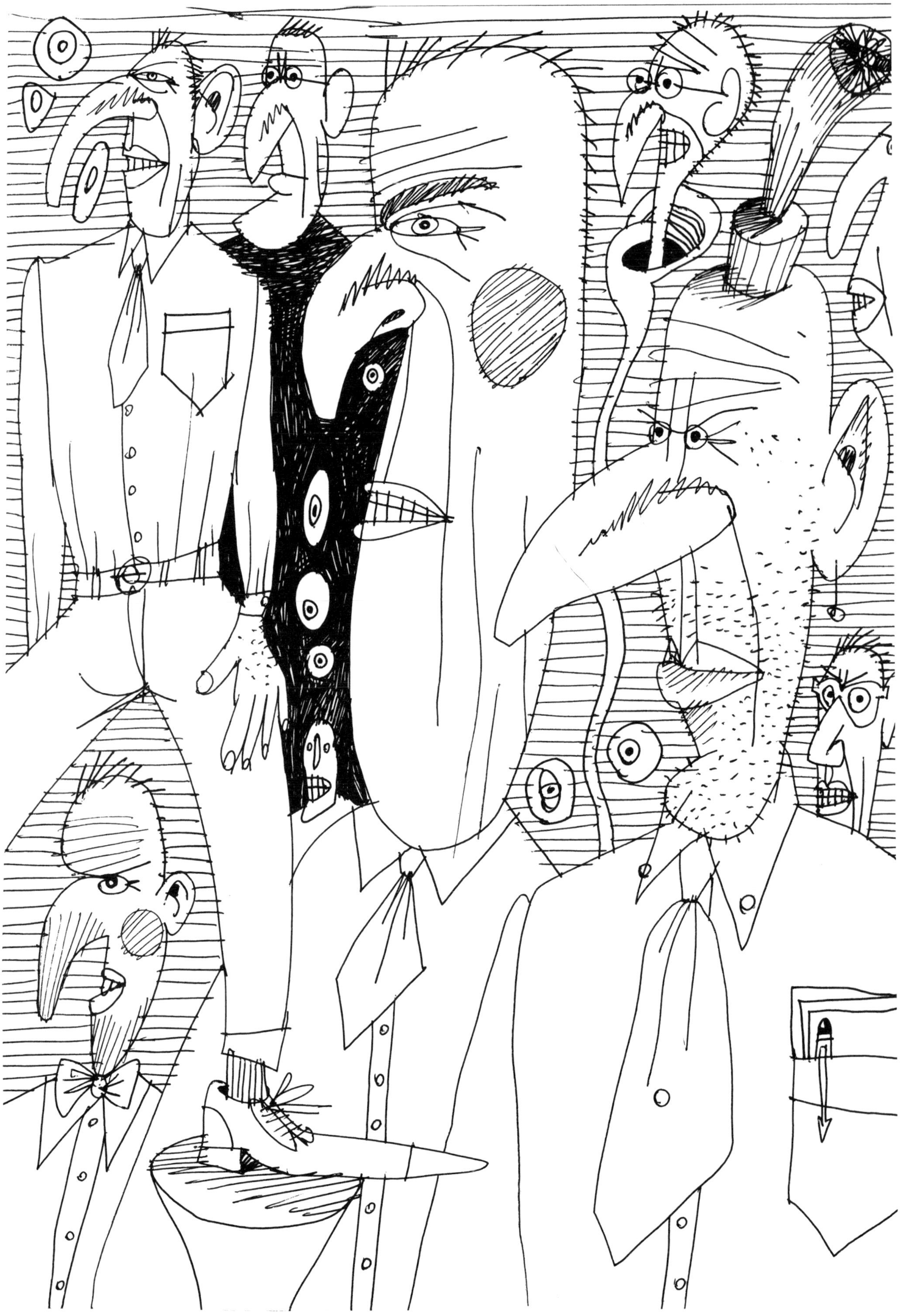

125

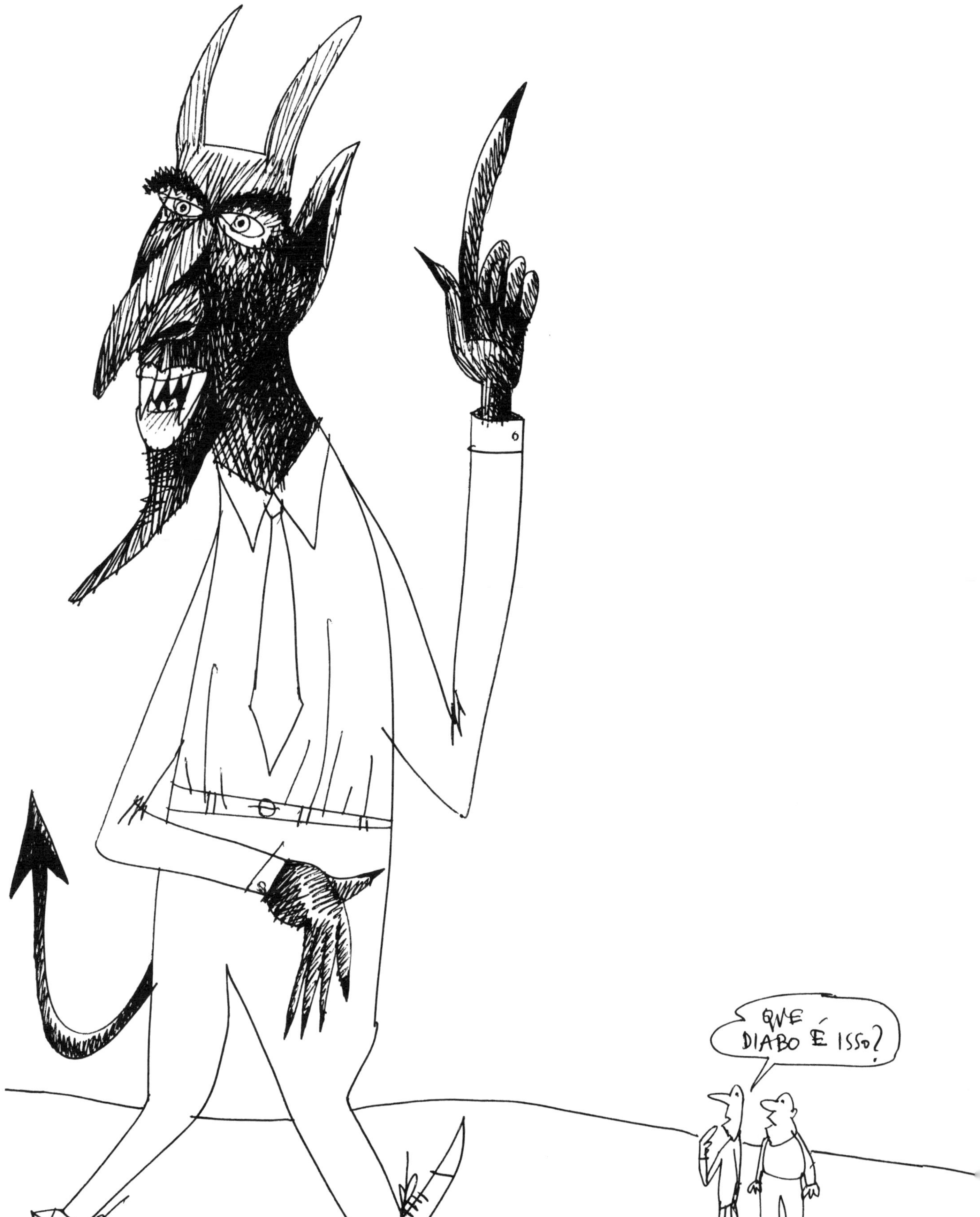
QUE DIABO É ISSO?

E O HOMEM CONTINUA, COMO SEMPRE, PERPLEXO, TENTANDO ENCONTRAR UM SENTIDO PARA TUDO ISTO QUE AÍ ESTÁ...
QUE MERDA É ESSA?
QUE PORRA É ESSA?

DESENHOS DE HUMOR

foi editado em abril de 2007.
Miolo impresso em papel offset 120 gramas
e capa em cartão triplex 300 gramas,
na gráfica Minister, Rio de Janeiro, RJ.